DRAME CONTEMPORAIN

EN UN ACTE ET EN PROSE

PAR

MOI.

PRIX : 1 FRANC.

CAEN
LE GOST-CLÉRISSE, LIBRAIRE
RUE ÉCUYÈRE, 36.

—

1860

EUX.

CAEN. — TYPOGRAPHIE B. DE LAPORTE.

EUX

DRAME CONTEMPORAIN

EN UN ACTE ET EN PROSE

PAR

MOI.

CAEN

LE GOST-CLÉRISSE, LIBRAIRE

RUE ÉCUYÈRE, 36.

—

1860

Dialogue inédit.

Elle et Lui. — Je veux faire savoir au monde entier que je l'ai aimé pendant huit jours. Si je l'ai abandonné, c'est qu'il est devenu fou. Ou plutôt, non, je ne l'ai pas abandonné ! j'ai passé des nuits à son chevet, je l'ai soigné, je l'ai entouré d'une sollicitude toute maternelle, et, si je ne l'ai pas sauvé, c'est que Dieu avait décidé sa mort. J'espérais bien le suivre de près ; mais la douleur n'a pas réussi à me tuer.

Lui. —Oh ! douce sœur de charité, c'est vous qui l'avez fait mourir, et vous pouvez espérer encore longtemps ne pas lui survivre ; car on vous dit très-robuste. Taisez-vous ! Si quelqu'un a le droit de faire entendre des lamentations, c'est moi qu'il a aimée, dans les derniers temps de sa vie, moi qui aurais pu le sauver peut-être, en faisant quelques concessions à cette nature puissamment passionnée, si j'avais eu le bon esprit d'oublier un instant ces secrets instincts de pudeur, dont une femme, bien élevée comme moi, est toujours esclave, quand elle n'en est pas victime.

Lui et Elle.—Silence ! mesdames. Cessez de profaner la mémoire d'un grand homme et de jeter, à tous les vents de vos vanités, ses cendres encore chaudes. Rentrez dans votre orgueil et n'en sortez plus ; sinon, je parlerai à mon tour !

PERSONNAGES

LUI-MÊME, frère de LUI
NOUS, notaire ;
TIEN, domestique de LUI-MÊME;
ELLE UN ;
ELLE DEUX ;
Une Femme du peuple ;
Une petite fille.

La scène se passe à Paris, chez LUI-MÊME.

EUX

DRAME CONTEMPORAIN EN UN ACTE.

Un cabinet de travail, avec porte de fond et portes latérales. —Au fond, à droite, une bibliothèque ; à gauche, de grands rideaux noirs servant de portière.— Sur l'avant-scène à droite, un bureau couvert de papiers. Idem, à gauche, une causeuse.

SCÈNE PREMIÈRE.

TIEN. — Il tient un plumeau sous son bras, se promène avec agitation et s'arrête de temps en temps, comme pour mieux approfondir sa pensée.

J'en suis fâché pour lui ; mais le bon Dieu n'est pas juste !.. Là, raisonnons un peu... N'aurait-il pas mieux valu me faire mourir, moi, Joseph, moi déjà cassé par l'âge, moi crétin qui n'ai pas ça d'idée sous le crâne !.. S'en aller faire mourir un si excellent jeune homme, la crème des maîtres, la perle des bons enfants ! En avait-il du cœur ? et de l'esprit donc ?... de l'esprit, qu'on ne pouvait l'écouter sans rire et que, tombant d'étonnement en étonnement à chaque mot qu'il disait, je m'écriais malgré moi : tiens ! tiens ! tiens !... Si bien, qu'au lieu de m'appeler Joseph, il me disait en riant : Tien, donne-moi ma pipe ; Tien, porte cette lettre... (Portant son mouchoir à ses yeux ; moitié pleurant, moitié souriant.) Et le nom m'en est resté... Tonnerre ! Quand je pense que cette gueuse de mort ne lui a pas fait grâce... Probablement qu'ils s'ennuyaient là-haut... Ils avaient besoin de s'amuser et ils l'ont appelé... Pour nous, il ne nous reste plus que les pleurs... Ah ! diable ! voilà son frère...ne pleurons pas, morbleu !.. Le pauvre garçon... il est si affligé !

SCÈNE II.

TIEN, LUI-MÊME.

LUI-MÊME, entrant par la porte de gauche.

Enfin, te voilà revenu, Joseph !

TIEN.

Oui, monsieur. (A part.) Il ne m'appelle plus Tien... ce que c'est que la douleur ! ça ôte la mémoire...

LUI-MÊME.

Tu as vu le notaire ?

TIEN.

Oui, monsieur.

LUI-MÊME.

Toutes les formalités sont remplies ?

TIEN.

Oui, monsieur. Tout est prêt, et le notaire doit venir ce soir vous donner lecture du testament.

LUI-MÊME.

Tant mieux ! que tout cela se fasse le plus vite possible. Ces mille précautions légales, qu'il faut prendre à la mort d'un parent, peuvent être d'un grand secours à ceux qui savent mal cacher leur joie sous le masque des pleurs. Mais pour les regrets sincères, c'est un supplice ! Je ne veux plus être distrait de ma douleur.

TIEN.

Mon bon maître, vous avez bien assez pleuré comme ça... Vous vous ferez du mal !

LUI-MÊME, avec émotion.

Allons, tais-toi, hypocrite ! Tu crois que je ne t'ai pas vu cacher ton mouchoir, lorsque je suis entré.

TIEN, se défendant.

Ah ! par exemple, c'est impossible !

LUI-MÊME.

Ne mens pas... puisque je t'ai vu.

TIEN.

Si vous m'avez vu, je puis bien vous avouer que j'ai pleuré.

LUI-MÊME, regardant le domestique avec bonté.

Tu l'aimais donc bien, notre cher Edouard ?

TIEN.

J'aurais donné ma vie pour lui... Il était si bon : et puis, il paraissait, par instants, si malheureux !... Allez, je le connaissais mieux qu'il ne se connaissait lui-même. Quand il était dans ses accès de tristesse, je n'avais qu'à me présenter devant lui et à lui dire : « Monsieur, m'a appelé ? » ; alors un éclair de gaieté passait dans le nuage qui couvrait son front. Ses yeux s'illuminaient, il s'écriait en riant : « Mais non, imbécile ! je rêvais. » Toutes les fois que je le voyais s'enfermer dans sa chambre, après avoir jeté les portes avec fracas, j'allais me coller l'œil à la serrure, et, sitôt que j'apercevais une larme rouler sur sa joue, j'ouvrais précipitamment la porte, je faisais ma question et j'étais tout joyeux de m'entendre appeler imbécile ; car je lui avais rendu de la gaieté pour le reste de la journée.

LUI-MÊME, très-ému.

Joseph, donne-moi la main.

TIEN.

A vous, monsieur?

LUI-MÊME, lui serrant la main.

Oui, Joseph. C'est le hasard qui fait les distinction

sociales, et c'est le cœur qui les efface. Je te considère comme mon ami... Tu ne me quitteras jamais.

TIEN.

Hélas! monsieur, plus tôt que vous ne pensez. J'aurai bien du mal à ne pas le suivre de près, ce bon monsieur Edouard!

LUI-MÊME.

Il ne le faut pas! il ne le faut pas, Joseph! Je n'aurais plus personne avec qui pleurer.

TIEN.

Et ses amis?

LUI-MÊME.

Ils sont tous dans cette chambre.

TIEN.

Et les artistes?...

LUI-MÊME.

Tu as pu les compter à son inhumation.

TIEN.

Et les femmes qu'il a aimées?

LUI-MÊME.

Elles l'ont oublié.

TIEN.

Mais c'est révoltant!

LUI-MÊME.

Pour toi, qui ne connais du monde et de la vie que ce

que tu as pu en voir dans ta conscience d'homme simple et bon. Mais ce n'est que trop vrai ; ses maîtresses aimaient sa célébrité ; elles n'ont pas regretté ce qu'il y avait d'admirable en lui : la bonté et la simplicité du cœur... Maintenant elles font du scandale autour de sa mémoire, comme des héritiers avides qui n'attendent que l'enlèvement du corps, pour se disputer lambeau par lambeau ce qui reste du défunt.

TIEN, avec horreur.

Ah ! monsieur !

LUI-MÊME.

Eh bien, le croirais-tu ? mon frère était si bon qu'il n'a pas oublié dans son testament la plus coupable peut-être de ces femmes... Cela me fait même songer qu'il est temps de lui écrire. (Il s'assied devant son bureau et écrit rapidement.) Tiens, tu vas lui porter ce billet. Cours vite. C'est pressé.

TIEN, prenant le billet.

Mon Dieu, qu'est-ce qu'on verra donc encore ?

(Il sort.)

SCÈNE III.

LUI-MÊME, se levant.

Mon pauvre frère !... Dieu m'est témoin que je l'ai ardemment prié de te laisser la vie... Je lui ai offert la mienne, et, bien des fois, en levant les yeux au ciel, je me suis écrié : « Seigneur, prenez-moi ; si votre bras s'appesantit sur ma famille, oh! que ce soit sur moi; sauvez mon frère!... » Mais je suis resté... et vous l'avez rappelé à vous, lui, l'homme de génie... Eh bien! mon Dieu, si vous l'avez brisé dans la force de la jeunesse, si vous n'avez pas écouté mes vœux, exaucez ma dernière prière; faites que du haut du ciel il ne voie pas ce qui se passe sur la terre. Oh! non; qu'il ne sache jamais que cette femme a calomnié sa vie! Il l'aimait tant que son cœur en souffrirait encore, au sein même de la béatitude!...

Pour moi, je vais tâcher de me fortifier pour cette entrevue... Elle va venir ce soir, ici, dans cette maison... Oh! cette idée me fait horreur!... Il faut pourtant la recevoir... Mais rien ne me fait un devoir de l'attendre... Sortons! Il sera toujours temps de rentrer lorsque le notaire sera arrivé.

SCÈNE IV.

LUI-MÊME, ELLE UN.

(Lui-Même, tout prêt à sortir, s'arrête surpris à la vue d'Elle Un qui paraît à la porte du fond.)

LUI-MÊME, étonné et mécontent.

Ah!

ELLE UN.

Vous sortiez?

LUI-MÊME, avec humeur.

Je l'avoue.

ELLE UN.

Vous saviez que je devais venir?

LUI-MÊME.

Je vous attendais.

ELLE UN.

Et c'est pour cela que vous vous échappiez?

LUI-MÊME.

Absolument.

ELLE UN.

Merci : c'est poli! Au surplus, entre gens d'esprit, il vaut mieux....

LUI-MÊME, ironiquement.

Entre gens d'esprit?... Vous vous abaissez et vous m'élevez trop.

ELLE UN.

Comment cela?

LUI-MÊME.

Tout le monde vous accorde du génie, madame, et moi....

ELLE UN.

Et vous, vous êtes trop modeste pour n'être pas orgueilleux.

LUI-MÊME.

Je ne me sens ni la force, ni la disposition d'esprit nécessaires pour vous suivre sur ce terrain, madame. Permettez-moi d'être franc jusqu'au bout, et d'obéir à ma première résolution. (Il fait un pas pour sortir.)

ELLE UN, lui barrant le passage.

Ce n'est pas à moi de vous donner congé, et je vous prie de ne pas intervertir les rôles. Dites un mot et je sors!... Mais demain, tout Paris saura qu'un galant homme a mis brutalement à la porte une femme qui venait pleurer avec lui !

LUI-MÊME.

Pleurer, dites-vous ?

ELLE UN.

Oui ; le mot vous étonne ?

LUI-MÊME.

Non ; mais la chose.... Erreur atmosphérique !... Le baromètre est au variable. Que le soleil répande partout la vie et la gaieté, ou que le ciel s'assombrisse et verse des larmes sur la nature en deuil, le mercure monte ou descend, sans que l'instrument qui le renferme en soit le moins du monde affecté. Ainsi des grandes organisations d'artistes comme la vôtre, madame! Leur âme transparente semble faite pour montrer au public des émotions qu'ils réfléchissent sans les ressentir... Vous aviez besoin d'une scène touchante ; il vous fallait un frère versant des pleurs sur la mort de son frère, et vous venez étudier sur moi cet horrible phénomène de la douleur. Eh bien! madame, votre roman sera manqué ; vous arrivez trop ard... Car je ne puis plus pleurer !

ELLE UN.

Prenez garde, monsieur. Vous êtes artiste, et votre opinion, si sévère dans sa bizarrerie, pourrait bien vous condamner tout le premier... Hé quoi ! serez-vous donc comme les autres, dur, inflexible, cruel ? Et, parce que je fais métier d'analyser la passion, me croirez-vous incapable d'en subir les atteintes ?... J'arrivais ici avec des paroles de paix.

LUI-MÊME.

De paix ?... Oh ! le mot est étrange dans votre bouche ! Osez-vous bien parler de paix, vous qui faites la guerre aux morts, vous qui vous acharnez à flétrir la mémoire de mon frère, vous qui violez les sépultures, vous qui vous faites un piédestal d'une tombe fraîchement remuée !

ELLE UN.

Mais le monde me prêtait un rôle odieux ; la voix publique m'accusait de son désespoir, me reprochait sa mort ! J'ai dû me justifier, j'ai dû parler !

LUI-MÊME.

Il fallait vous taire !

ELLE UN.

Rester sous le coup de pareilles calomnies ?

LUI-MÊME.

Oui, madame ; vous auriez donné ainsi une preuve irréfragable de votre amour pour mon frère. Quand on est fort de sa conscience, on ne craint pas le blâme de la foule qui finit toujours par revenir de son premier jugement.... Ah ! tenez, si vous rencontriez un homme capable de dire à ceux qui l'exaltent au-dessus de son mérite réel : « Arrêtez ! vous me placez trop haut dans votre estime, et je veux redescendre à mon véritable degré » ; cet homme, n'est-ce pas, tenterait votr plume merveilleuse et vous le proclameriez, dans votre admirable langage, grand et sublime entre tous les hommes ; eh bien! madame, si vous aviez eu le noble courage de supporter en silence l'accusation qui s'élevait contre vous, je vous aurais mise au-dessus de cet homme, je vous aurais pardonné au nom de mon frère, je vous aurais défendue, j'aurais versé mon sang pour vous.... Hélas ! mon frère était célèbre. Son amour devait entourer d'une auréole de gloire le front de la femme qu'il aurait choisie..... C'est beau de s'appeler Béatrix, Laure, Elvire !..... Quelle femme n'a caressé cette idée en rêve !... Et le rêve s'est réalisé pour vous..... Mais jamais on ne vous placera au même rang que ces divines amantes ; car elles se faisaient le bon génie de leurs poëtes bien-aimés ; et vous, vous avez poussé le vôtre sur les pentes rapides du désespoir !.... Ah ! si mon frère se fût appelé d'un nom vulgaire, et qu'on vous eût reproché la même turpitude, vous eussiez nié l'amour pour vous laver du crime ; mais vous avez nié le crime pour ne pas lâcher l'amour !

ELLE UN, avec un accent orgueilleux.

J'avais peut-être besoin de cet amour pour me grandir ?.... car enfin vous me poussez à bout !

LUI-MÊME.

On est mauvais juge dans sa propre affaire ; et vous savez que je défends les intérêts de mon frère et son honneur, aussi chaleureusement que si j'étais mis moi-même en cause.

ELLE UN.

Je m'en aperçois. Mais enfin, selon vous, lequel des deux fera la gloire de l'autre ?

LUI-MÊME.

Laissez faire la postérité. Mon frère a laissé des vers immortels qu'on apprend par cœur, et qui seront dans toutes les mémoires, alors qu'on se rappellera à peine le nom de vos héroïnes ; et peut-être le vôtre....

ELLE UN.

Ne sera-t-il sauvé de l'oubli que par le sien ?

LUI-MÊME.

Je le pense.

ELLE UN.

C'est là votre opinion ?... sérieusement ?

LUI-MÊME.

Sérieusement.

ELLE UN, avec ironie.

Vous me permettrez bien d'en rire un peu ?

LUI-MÊME.

Oui, quoique vous soyez venue pour pleurer.

ELLE UN.

Au fait, nous nous écartons de notre sujet.

LUI-MÊME.

Pardon, nous y rentrons ; car vous veniez chercher une scène à effet pour compléter votre pamphlet contre mon frère.

ELLE UN.

Quelle obstination ! J'étais entrée chez vous avec les meilleures intentions, et il n'est pas de mot si blessant, d'outrage si cruel, que vous ne me jetiez à la face ! Eh bien, j'oublie tout et je vous tends la main.

LUI-MÊME, retirant la sienne.

Jamais !

ELLE UN.

Vous me la refusez?

LUI-MÊME.

J'aimerais mieux la brûler !

ELLE UN, avec ironie.

Sur un réchaud, comme Scævola ?... Ce serait assez

romain, mais regrettable... Elle écrivait de si jolies choses !

LUI-MÊME.

Elle pourrait en écrire de terribles contre vous !

ELLE UN.

Vous me faites frémir !

LUI-MÊME.

Vous avez fait le roman de cette liaison fatale ; moi, j'en ferai l'histoire ! Vous avez jeté sur la réalité un voile déjà trop transparent ; moi, je vous mettrai à nu !...

ELLE UN.

Quelle indécence !

LUI-MÊME.

Ne plaisantez pas, madame ! Je n'aurais qu'un mot à dire pour arrêter le mauvais sourire qui vous plisse la lèvre. Prenez garde, prenez garde !

ELLE UN.

Des menaces ! Vous êtes trop galant pour les exécuter.

LUI-MÊME.

Est-ce le moment de faire de la galanterie ? Et puis, serait-elle digne de s'élever jusqu'à vous ? N'avez-vous pas abdiqué cette charmante royauté de la femme, en dédaignant tant de fois son costume et sa pudeur ?

ELLE UN, indignée.

Vous devriez rougir de vos paroles !... C'est de la rage ; c'est de la folie !

LUI-MÊME.

Oui, c'est une maladie de famille ! N'avez-vous pas dit de par le monde que mon pauvre frère était fou ?

ELLE UN, se disposant à sortir.

Je n'en veux pas entendre davantage. Adieu, monsieur. Vous avez désiré la guerre...

LUI-MÊME, la retenant.

Un instant, madame.

ELLE UN.

Encore deux ou trois insultes, et puis vous me laisserez partir ?

LUI-MÊME.

J'ai déchargé mon cœur. J'ai fini, et c'est mon frère qui va vous parler du fond de sa tombe.

ELLE UN.

Que voulez-vous dire ?

LUI-MÊME.

Mon frère a fait un testament.

ELLE UN.

Un testament !

LUI-MÊME, avec un sourire amer.

Oh! vous savez bien qu'il était généreux, et que les gens qui ont un grand cœur, comme lui, ne font pas d'ordinaire la fortune de leurs héritiers.

ELLE UN.

Persifflez, raillez tant que vous voudrez ; mais, dites-moi, est-ce un souvenir, une pensée d'amour, un mot de justification ?

LUI-MÊME.

Je l'ignore. J'attends le notaire qui doit nous donner lecture du testament. Dans une lettre que m'écrivait Edouard deux jours avant sa mort, et où il prévoyait sa fin prochaine, il m'avertissait qu'il m'avait institué son légataire universel et qu'il était question de vous dans son testament. J'ai cru devoir vous en informer, et je venais d'envoyer mon domestique chez vous au moment où vous êtes entrée. Tenez ; le voici.

SCÈNE V.

LES MÊMES, TIEN.

LUI-MÊME (au domestique qui fait un geste d'étonnement en apercevant Elle Un, et s'arrête troublé sur le seuil de la porte).

Eh bien! approche... Est-ce que cela t'étonne de trouver madame ici ?

TIEN, balbutiant.

Non... si... pardon.

LUI-MÊME.

Madame te fait peur ?

ELLE UN, s'avançant vers l'avant-scène, à gauche.

Ce testament !... que penser ? que croire ? (Elle s'assied rêveuse sur le sopha ; tandis que de l'autre côté du théâtre, à droite, Lui-Même et Tien se parlent à demi-voix.)

TIEN.

Excusez-moi, monsieur ; mais plus je regarde madame, plus je me sens troublé.

LUI-MÊME.

Pourquoi cela ?

TIEN.

J'ai bien peur d'avoir fait une bêtise !

LUI-MÊME.

Explique-toi.

TIEN.

Lorsque vous m'avez remis ce billet tantôt, vous vous rappelez bien m'avoir dit : « Va lui porter cela ? »

LUI-MÊME.

Sans doute.

TIEN.

Vous n'aviez oublié qu'une chose, c'était d'écrire l'adresse.

LUI-MÊME.

Quelle distraction ! Mais rassure-toi. Le mal n'est pas grand, puisque la voilà.

TIEN, avec contrition.

Ça ne m'empêche pas d'être un âne.

LUI-MÊME.

Qu'arrive-t-il donc ?

TIEN.

Oui, monsieur ; je suis une oie, un bélitre, un idiot ! Au lieu de remettre la lettre à celle-ci, je l'ai remise à celle-là.

LUI-MÊME.

Qui, celle-là ?... Du diable si je te comprends !

TIEN.

C'est clair pourtant, monsieur ; c'est l'autre..... Je m'explique.

LUI-MÊME.

Ce n'est pas malheureux !

TIEN.

A peine étais-je descendu dans la rue, que je me suis aperçu de votre oubli. Pas d'adresse ! Alors je me suis fait ce raisonnement...

LUI-MÊME.

Tu ne pouvais me rapporter ce billet ?

TIEN.

Je n'y ai pas pensé... Je me suis donc fait ce raisonnement : Si ce pauvre M. Edouard a fait un legs à l'une de ces dames, évidemment ce n'est pas à celle-ci qui l'a abandonné, mais plutôt à celle-là qui est la dernière...

LUI-MÊME, impatienté.

Mais qui, celle-là ? qui, la dernière ?

TIEN.

Celle qui s'est fait passer pour comtesse...

LUI-MÊME, en colère.

Imbécile ! triple butor !

TIEN.

Je vous le disais bien que j'avais fait une bêtise.

LUI-MÊME.

Et tu lui as remis le billet ?

TIEN.

Hélas oui ! monsieur.

LUI-MÊME.

Elle va venir ?

TIEN.

Elle me suit.

LUI-MÊME.

Eh bien, tu vas faire faction à la porte et je n'y suis pour personne... tu m'entends ?

TIEN.

Elle n'entrera pas, je vous le jure ! Elle me passera plutôt sur le corps !

LUI-MÊME, avec un geste de colère à la vue d'Elle Deux qui paraît à la porte du fond.

Il est trop tard... la voilà ! (A part.) Que faire ?

SCÈNE VI.

LES MÊMES, ELLE DEUX.

ELLE DEUX, marchant droit à Lui-Même, qu'elle salue.

J'arrive un peu tôt ? je vous dérange peut-être ?

LUI-MÊME.

Oui, madame... c'est-à-dire non... Je vous demande pardon... je suis encore ému... (A part.) Je ne peux pourtant pas la mettre à la porte.

ELLE UN, se levant; toujours rêveuse.

Ce testament!... Dieu ! s'il allait dire toute la vérité? Oh ! non... il était si bon ! il aura oublié... C'est un souvenir des jours où nous nous aimions !

ELLE DEUX (mouvement de surprise à la vue d'Elle Un; à Lui-Même.)

Ah ! je comprends... vous n'étiez pas seul... Excusez mon indiscrétion... je me retire.

LUI-MÊME.

Au contraire, madame ; c'est moi qui vous demande la permission de me retirer... Une affaire à régler et je suis à vous. (Les deux femmes ont échangé un regard plein de fiel et d'ironie. Lui-Même présentant Elle Un à Elle Deux.) Madame aura la bonté de vous tenir compagnie.

ELLE DEUX.

En qualité de plus vieille connaissance? ou de maîtresse de maison?

LUI-MÊME.

Comme vous voudrez. Dans tous les cas, vous n'aurez rien perdu à mon départ : au contraire. Votre serviteur, mesdames. (Les deux femmes le regardent s'éloigner avec dépit. A part.) Je sors bien vite, car j'éclaterais ! (Au domestique, en passant près de lui.) Ecoute, Joseph : je vais m'enfermer dans ma chambre. Sitôt que le notaire sera arrivé, tu m'avertiras. (Il sort par la porte de gauche.)

SCÈNE VII.

ELLE UN, ELLE DEUX, TIEN.

TIEN, à part.

Que je suis donc bête!... Elle est entrée malgré nous... Si je pouvais lui persuader de s'en aller ? (Il réfléchit.)

ELLE UN, à Elle Deux.

Vous me permettez de reprendre ma rêverie ? (Elle va s'asseoir sur la causeuse et s'appuie la tête dans la main.)

ELLE DEUX.

A votre aise! N'êtes-vous pas chez vous? Je vous ferai seulement observer en passant que vos domestiques sont fort mal élevés. (A Tien.) Eh bien! as-tu fini de dormir, Joseph? Tu vois bien que je suis debout; apporte-moi vite un fauteuil.

TIEN, approchant un fauteuil.

Je demande pardon à madame: je croyais que madame n'allait pas rester.

ELLE DEUX.

Et pourquoi cela?

TIEN, content; à part.

Ça mord. (Haut) Je ne sais pas... une idée...

ELLE DEUX.

Tu tâcheras à l'avenir d'en avoir de plus polies.

TIEN, à part.

Ça ne mord plus. (Haut) La maison n'est plus gaie maintenant; et, comme je sais que madame aime à rire, je me figurais....

ELLE DEUX.

C'est bien. En voilà assez. Laisse-nous.

TIEN.

Madame...

ELLE DEUX.

Je ne puis pas souffrir les domestiques bavards... va-t-en.

TIEN.

C'est moi qui me suis pris à l'hameçon ! (Il sort par la porte de droite.)

SCÈNE VIII.

ELLE UN, ELLE DEUX.

ELLE UN.

Est-ce l'usage de tutoyer les domestiques dans e noble faubourg ?

ELLE DEUX.

Je ne comprends pas.

ELLE UN.

Allons ! vous n'êtes plus d'âge à jouer les ingénues, et vous n'avez pas oublié vos prétentions à la noblesse.

ELLE DEUX.

Moi ?

ELLE UN.

Oui, vous.

ELLE DEUX.

Quelle folie !

ELLE UN.

En effet, c'est folie de se donner des airs de comtesse, lorsque chacun aperçoit le bas-bleu sous la crinoline de la femme du grand monde !

ELLE DEUX.

Vous approuvez plutôt cellé-là qui s'est fait passer pour peintre ?

ELLE UN.

Sans doute ; elle est restée dans son vrai caractère. Qu'on tienne la plume ou qu'on tienne le pinceau, dans les deux cas on est toujours artiste.

ELLE DEUX.

D'accord. Mais cette précaution d'établir le genre de peinture, je trouve cela admirable ! Vous, peintre de portraits ? Allons donc !... Je comprendrais peintre en paysage, car vous avez assez le sentiment de la nature ; je comprendrais même peintre en bâtiments, car vous nous avez fait plusieurs fois la description d'assez jolies maisonnettes. Mais peintre de portraits ?.. Vous, peintre de portraits !... Pourquoi pas peintre d'histoire ?... Vous aviez le champ libre, et je m'étonne que votre orgueil...

ELLE UN.

Mon orgueil est moins grand que votre jalousie, et, dans l'humble choix que j'ai fait, beaucoup pourraient trouver une leçon de tact et de modestie. J'étais juste en me contentant du talent de portraitiste.

ELLE DEUX.

A ce talent il ne manque qu'une chose : la ressemblance. Vos portraits ne ressemblent à personne.

ELLE UN.

C'est qu'ils sont plus grands que nature, et je m'en fais gloire.

ELLE DEUX.

Alors, ce sont des monstres... ce n'est plus là le portrait.

ELLE UN.

Prenez garde que je ne vous donne raison en faisant le vôtre.

ELLE DEUX.

Vous me devriez bien cela, à moi qui viens d'offrir le vôtre au public. On l'a reconnu, quoique je ne me pique pas de savoir peindre.

ELLE UN.

Qui pourrait vous refuser le talent de la caricature? N'avez-vous pas parodié indignement le plus beau génie poétique du siècle?

ELLE DEUX.

Vous osez mettre le pied sur ce terrain brûlant des récriminations, vous qui avez pris à tâche de nous le représenter comme un fou!

ELLE UN.

La folie n'est souvent que l'explosion trop forte du

génie ; c'est ainsi que je l'entendais. Et vous, madame, vous avez fait de cette riche nature, de cette organisation sublime, une sorte d'idiot, tombé si bas dans l'échelle des êtres, qu'il semblait apporter, dans ses amours forcenés, la rage et les instincts sauvages des bêtes fauves !

ELLE DEUX, indignée.

Oh ! c'est trop fort !

ELLE UN.

C'est tout simple. Pour donner à croire au public que vous l'aviez repoussé, il fallait bien en faire un objet de dégoût.

ELLE DEUX.

Selon vous, c'est moi qui aurais recherché son amour, moi qui aurais fait les avances ?...

ELLE UN.

Oui.

ELLE DEUX.

Moi, qu'un refus blessant...

ELLE UN.

Aurait poussée à inventer...

ELLE DEUX.

Cet affreux mensonge ?... Oh !... je vous méprise... mais je veux vous confondre ! (Elle tire un billet de sa poche et le déploie en frémissant.) Vous ne nierez pas que la dernière pensée d'un mourant soit pour la personne qu'il aime le plus au monde ?

ELLE UN.

C'est dans l'ordre.

ELLE DEUX.

Eh bien, lisez ce billet et rougissez, si vous le pouvez encore !

ELLE UN, lisant.

« Mon frère a laissé un testament dont on va faire « la lecture ce soir, chez moi, en présence des per- « sonnes intéressées. Soyez assez bonne pour vous y « trouver à neuf heures. » (A part, avec colère.) Elle aussi !

ELLE DEUX, triomphante.

Eh bien, est-ce clair ?

ELLE UN.

Quoi ?

ELLE DEUX.

Votre infamie... Est-ce l'usage de faire un legs à la personne qu'on n'aime pas ?

ELLE UN.

Non ; mais à celle qu'on a humiliée, on peut laisser une consolation.

ELLE DEUX.

Quel entêtement !... Mais, je vous devine !... C'est

une arme que vous aiguisez pour la vengeance. Si le mourant vous a oubliée, en écrivant ses dernières volontés, c'est qu'il vous a donné pendant sa vie tout ce qu'il possédait de jeunesse, d'esprit, d'amour et de passion ; à la victime de ses dédains, il devait bien l'aumône d'une disposition testamentaire ! En l'ornant de quelques déclamations humanitaires, ce roman pourra peut-être obtenir un joli succès.

ELLE UN.

Vous cachez mal votre joie.

ELLE DEUX.

Et vous, votre dépit.

ELLE UN.

Le mot n'est pas juste.

ELLE DEUX, avec ironie.

Vous avez peut-être lieu de vous réjouir ?

ELLE UN.

Au même degré que vous.

ELLE DEUX.

Pas comme légataire au moins ?

ELLE UN.

Pardon.

ELLE DEUX, avec étonnement.

Quoi ! vous seriez ici ?...

ELLE UN.

Pour le même motif que vous.

ELLE DEUX, déconcertée.

Ah!

ELLE UN.

Ça vous contrarie de partager?...

ELLE DEUX, d'un ton sec.

Le soleil luit pour tout le monde.

SCÈNE IX.

LES MÊMES, NOUS.

NOUS. (Il est entré par la porte du fond sans être annoncé; il s'approche des deux femmes et les salue profondément.)

C'est sans doute aux maîtresses de la maison que j'ai l'honneur de parler?

ELLE UN, émue, à part.

Le notaire!

ELLE DEUX, au notaire.

Non, monsieur.

NOUS, d'un ton douloureux.

A des parentes du défunt?... à des amies peut-être?

ELLE UN.

A ses légataires, monsieur.

NOUS, avec un air réjoui.

Alors, je me sens plus à mon aise!...

ELLE UN, au notaire.

Est-ce que vous changez de visage avec cette facilité-là ?

ELLE DEUX.

Vous êtes un parfait comédien, monsieur.

NOUS, avec ironie.

Vous me faites trop d'honneur, madame. Je connais mon métier, et c'est une science tout élémentaire, pour nous autres notaires, que celle qui consiste à se faire une figure de circonstance ; et tel nous verrait, triste et morose au chevet d'un malade dont nous écrivons les dernières volontés, qui aurait grand'peine à nous reconnaître lorsque nous faisons aux héritiers la lecture du testament.

ELLE DEUX, au notaire.

Je vous tiens pour un moraliste très-profond. (A Elle Un, à demi voix.) C'est un beau type de notaire à étudier, et qui ferait bien dans un roman... Mais j'oublie que vous aimez mieux les médecins.

ELLE UN.

Vipère ! (Entre Tien.) Encore cet imbécile !

SCÈNE X.

LES MÊMES, TIEN.

ELLE UN, au domestique.

Eh bien! qu'est-ce que tu veux ?

TIEN.

Rien, madame. (Il examine le notaire avec la plus grande attention.)

ELLE DEUX, au domestique.

Quels yeux !... Tu n'as donc jamais vu de notaire ?

TIEN.

Ah !... c'est monsieur le notaire ! Alors je m'en vais bien vite... (Il sort par la porte de gauche.)

ELLE UN.

Bon débarras !

SCÈNE XI.

ELLE UN, ELLE DEUX, NOUS.

ELLE UN, prenant le notaire en particulier.

Deux mots, monsieur.

NOUS.

Je vous écoute, madame.

ELLE UN.

Dans un testament, certaines clauses peuvent être frappées de nullité ?

NOUS.

Cela arrive tous les jours.

ELLE UN, indiquant Elle Deux.

Vous connaissez madame ?

NOUS.

Pour avoir vu son portrait chez les marchands d'estampes.

ELLE UN.

Croyez-vous qu'elle ait quelque espoir ?

NOUS, cherchant à garder son sérieux.

Aucun.

ELLE UN, en passant près d'Elle Deux qui s'approche à son tour du notaire.

Vous perdez votre temps ici, ma chère !

ELLE DEUX, au notaire, en lui montrant Elle Un.

Vous connaissez madame ?

NOUS, à part.

Quelle épreuve pour ma gravité ! (Haut.) Oui, madame, pour avoir lu ses livres.

ELLE DEUX.

Vous possédez à fond votre code civil ?

NOUS.

Nous sommes créés et mis au monde pour cela.

ELLE DEUX.

Elle se fait des illusions, n'est-ce pas ?

NOUS.

Hélas ! oui.

ELLE DEUX, se rapprochant d'Elle Un.

J'en suis désolée, madame... mais... Ah! voici le frère. (Lui-même et Tien entrent par la porte de gauche.)

SCÈNE XII.

LES MÊMES, LUI-MÊME, TIEN.

LUI-MÊME, allant directement au notaire.

Je vous ai fait attendre, monsieur?

NOUS.

Mon Dieu, non! Et d'ailleurs on oublie facilement qu'on attend, dans la société de ces dames.

LUI-MÊME.

Si vous êtes disposé...

NOUS, ouvrant son portefeuille et en tirant le testament.)

Je suis à vos ordres.

LUI-MÊME, attirant un fauteuil qu'il présente au notaire.

Veuillez vous asseoir. Nous sommes tout oreilles. Joseph, des fauteuils à ces dames. (Le domestique approche des fauteuils; tout le monde s'asseoit.)

NOUS.

Toutes les personnes intéressées sont ici?

LUI-MÊME.

Oui, monsieur.

NOUS, se disposant à lire.

En ce cas, voici le contenu du testament. Il est écrit en entier de la main du testateur. Je lis :

« Ceci est mon testament.

« J'aurais voulu le commencer d'une façon moins « vulgaire ; mais les hommes de loi y trouveront une « teinte de sentiment si inaccoutumée dans ces sortes « d'écrits, qu'ils auraient bien pu s'imaginer, sans « cette galanterie faite à la formule, que je n'étais « pas sain d'esprit au moment où je l'ai rédigé...

ELLE UN, s'essuyant les yeux avec son mouchoir.

Toujours le même ! plaisant et railleur jusque dans la tristesse !

ELLE DEUX, même geste.

C'était un des côtés les plus originaux de son génie.

NOUS, lisant.

« Hélas ! je n'ai que trop ma raison ; et c'est « quelquefois un grand bonheur d'en être privé !

« Comme tant d'autres, je fus un passager d'un « jour sur la terre, ce navire flottant dans l'éther. « Mais mon jour, à moi, va finir à midi... Une « lame doit m'emporter par-dessus le bord... Oh ! « l'immensité !.. oh ! l'infini !.. J'aurais voulu chan- « ter encore, chanter le parfum des fleurs, la voix « de la nature, l'espérance et l'amour, la vigne et le

« soleil, l'azur et la beauté !.. Mais j'avais trop souf-
« fert, le monde croulait autour de moi, je pleurais
« sur ses ruines, je désespérais ; mes maîtresses
« m'avaient trahi, mes amis calomnié ; j'avais le vide
« dans le cœur, la mort devant les yeux, j'étais un
« colosse de douleur !... Tes yeux se mouillent, mon
« frère... Oh! ne pleure pas, ne prie pas surtout!
« Tu m'aimes tant que Dieu pourrait exaucer ta
« prière et me rappeler à la vie, lorsque déjà je
« touche au bonheur ! J'ai connu des maux que nul
« n'a soufferts, et cependant je crois à l'espérance,
« et cependant je bénis Dieu... et je veux m'abîmer
« dans son sein !

« Adieu, mon frère ; veille sur ma mémoire parmi
« les hommes. Beaucoup me condamneront.... c'est
« qu'ils ne se sont pas, comme toi, réchauffés au foyer
« de mon cœur. Je ne leur ai pas donné ce qu'ils
« attendaient de moi ; j'étais souvent de glace au
« milieu d'eux, le dégoût me montait aux lèvres
« quand je voulais chanter. Le feu s'éteint dans un
« air pestiféré ; et mon âme, toute d'amour, ne pou-
« vait pas brûler dans cette atmosphère de haine
« qui entoure les hommes.

« Adieu, mon bon frère ; je te laisse tout ce que
« je possède, mon cœur surtout, la meilleure partie
« de moi-même.

« Si quelques-uns pleurent ma mort, dis à ces
« vrais amis que je suis heureux.

« Garde toujours près de toi ce pauvre niais de « Joseph (Tien éclate en sanglots, et sort par la porte de « gauche) ; c'est un cœur excellent ; il m'aimait bien.

« Quant à elle—cette femme que j'ai tant aimée!..

ELLE UN, interrompant le notaire.

Voilà la clause qui me concerne...

ELLE DEUX, vivement.

Ou moi !

NOUS, à Elle Deux.

Vous, ou madame, ou une autre. C'est une clause si mystérieuse qu'elle en devient presque amphibologique. Elle pourrait fort bien être frappée de nullité....

ELLE UN.

C'est la dernière clause?

NOUS.

Oui, madame ; et il n'y a qu'une légataire.

ELLE DEUX.

Les tribunaux décideront!..,

ELLE UN.

J'y compte.

ELLE DEUX.

Je suis dans mon droit.

ELLE UN.

Moi aussi.

ELLE DEUX.

Cette clause me concerne.

ELLE UN.

Vous le dites ; mais on ne vous croira pas sur parôle.

ELLE DEUX.

Je fournirai des preuves.

ELLE UN.

Lesquelles ?

ELLE DEUX.

La date du testament, les marques d'affection du défunt, les promenades qu'on lui a vu faire avec moi dans les derniers temps de sa vie !...

ELLE UN.

« Cette femme que j'ai tant aimée ! » Rappelez-vous ces mots qui vous condamnent... Il ne vous a jamais aimée, vous !

ELLE DEUX.

On le voyait souvent chez moi, dans mon salon.

ELLE UN.

Avez-vous la prétention d'être aimée de tous les gens qui vont chez vous ?

ELLE DEUX.

S'il ne m'aimait point, il ne me détestait pas au moins !

ELLE UN.

Vous voulez dire qu'il me haïssait ?

ELLE DEUX.

Sans doute ; vous l'avez trahi !

ELLE UN.

Moi ?

ELLE DEUX.

Oui, vous.

ELLE UN.

Moi, qui l'aimais comme une mère !...

ELLE DEUX.

Marâtre !

ELLE UN.

Moi, qui veillais à son chevet...

ELLE DEUX.

Pour épier les progrès du mal.

ELLE UN.

Moi, qui lui versais...

ELLE DEUX.

Du poison !

ELLE UN.

C'est une horreur !

ELLE DEUX.

Tout le monde le dit.

ELLE UN.

Je vous attaquerai devant les tribunaux !

ELLE DEUX.

Très-bien ! Nous plaiderons.

LUI-MÊME. (Pendant toute cette scène il a fait des efforts inouis pour se contenir.)

Vous n'avez pas assez fait de scandale comme cela, mesdames ?

NOUS.

Un bon arrangement...

ELLE UN.

Pas de transaction... je tiens à mon droit.

ELLE DEUX.

Et moi au mien.

NOUS, souriant finement ; aux deux femmes.

Vous me permettez d'achever la lecture ?

ELLE UN.

Allez, monsieur... Mais nous aurons un procès.

NOUS.

Je reprends. (Lisant :)
« Quant à elle—cette femme que j'ai tant aimée!—
« je lui pardonne ma mort ! »

ELLE UN, se levant, avec un regard terrible.

Oh ! c'est indigne !

ELLE DEUX, se levant aussi.

C'est une abomination !

ELLE UN.

On nous a mystifiées !

ELLE DEUX.

On s'est raillé de nous !

LUI-MÊME. Il se lève lentement, s'approche des deux femmes et dit, en leur adressant un regard plein de tristesse et d'amertume :

Plaiderez-vous ?

ELLE UN, en gagnant le fond du théâtre pour sortir.

Oui, nous plaiderons ! mais ce ne sera pas devant les tribunaux. Il faut à ma vengeance une publicité sans bornes. Et le monde entier..... (Tout en parlant de la sorte et en faisant face à Lui-Même, elle a continué de marcher vers le fond du théâtre. Mais, dans son trouble, elle se trompe de porte, et entr'ouvre les grands rideaux noirs qui sont à gauche de la porte de fond. Elle recule avec un cri de surprise. Les rideaux restent ouverts ; on aperçoit une sorte d'oratoire vivement éclairé. Le buste du poëte, le front ceint d'une couronne de laurier, est posé sur un piédestal entre six flambeaux. Le vieux domestique est à genoux devant la statue, et semble abîmé dans une muette prière.)

ELLE DEUX.

Quelle ressemblance ! Le beau marbre !

LUI-MÊME.

Moins froid que vos cœurs, mesdames ! Le jeune

artiste qui l'a sculpté, n'avait qu'un talent modeste ; mais il aimait mon frère, et il a fait, sans s'en douter, un véritable chef-d'œuvre. L'amour crée les grands artistes et la haine les tue.

SCÈNE XIII.

LES MÊMES, UNE FEMME DU PEUPLE, UNE PETITE FILLE.

(La mère et son enfant sont entrées timidement par la porte du fond. Elles s'adressent au notaire.)

LA FEMME.

Oh ! mon Dieu, que de monde !... Nous allons nous retirer, monsieur.

NOUS.

Ce n'est pas une raison pour vous en aller. Que désiriez-vous ?

LA FEMME.

Voir M. Pierre, lui parler !

LUI-MÊME, entendant son nom et se retournant.

Me voici. (Apercevant la femme.) Que me voulez-vous, madame ?

LA FEMME.

Excusez-moi, monsieur... Je suis toute honteuse !... Je ne sais comment...

LUI-MÊME, avec bonté.

Rassurez-vous, ma brave femme. Vous venez me

demander des secours... si je puis vous servir à quelque chose...

LA FEMME.

Oh! je sais que vous êtes généreux, monsieur... Mais ce n'est pas cela... J'ai appris que monsieur votre frère était malade... Les nouvelles n'arrivent pas vite dans notre quartier, et je n'ai pas le moyen de lire les journaux... Cependant je mourais d'inquiétude, depuis qu'on m'avait appris cette nouvelle... Je serais venue vous demander comment il se trouvait, ce bon M. Edouard... mais je n'osais pas... Et d'ailleurs je suis moi-même tombée malade... Je vais mieux maintenant... Ce matin, je me suis senti la force de sortir... Alors j'ai dit à ma petite fille: viens, mon enfant, je veux avoir des nouvelles de M. Edouard; allons chez son frère; et me voilà, monsieur.

LUI-MÊME, s'essuyant les yeux de la main gauche et tendant l'autre à la femme.

Il vous était donc bien cher?

LA FEMME.

Oh! monsieur, je n'ai jamais aimé que lui au monde!

LUI-MÊME.

Hélas! ma pauvre femme, vous venez trop tard.

LA FEMME, lui serrant la main avec force, et lui jetant un regard désespéré.

Oh! vous vous trompez, n'est-ce pas, monsieur?...

On ne meurt pas à son âge!... et puis il était si bon!... Il y a espoir de le sauver?.., mais parlez, monsieur, parlez, donnez-moi de l'espoir! (Lui-même entraîne la femme devant l'oratoire et lui montre le buste du poëte.)

LUI-MÊME.

Voilà tout ce qui me reste de lui!

LA FEMME, avec désespoir.

Oh!... il est mort! (Elle tombe inanimée entre les bras de Lui-Même.

LA PETITE FILLE, courant vers Lui-Même.

Laissez maman, monsieur; vous lui faites du mal.

LUI-MÊME, les yeux pleins de larmes.

Elle ne souffrira plus, mon enfant.

ELLE UN, prenant les mains de la petite fille.

Dis-moi, mon enfant, comment t'appelles-tu?

LA PETITE FILLE.

Mimi.

ELLE DEUX, à l'enfant.

Et ta mère?

LA PETITE FILLE, sanglotant.

Dans le quartier, on l'appelait *Mimi Pinson.*

LUI-MÊME, s'adressant à Elle Un et à Elle Deux.

Hélas! mesdames, si vous aviez été capables d'aimer comme cette pauvre femme, mon frère ne serait pas mort!

1635 — CAEN. TYPOGRAPHIE B. DE LAPORTE

1035. — Caen, typ. B. de Laporte

www.ingramcontent.com/pod-product-compliance
Ingram Content Group UK Ltd.
Pitfield, Milton Keynes, MK11 3LW, UK
UKHW012106240726
13965UKWH00004B/1583

9 782013 593038